⑤一個個被披著黑斗蓬的獨眼魔法師，用魔法變成了木頭人。

⑥居民[illegible]為他們是來拯救這個小[illegible]士，所以對他們展開熱[illegible]其實，佐羅[illegible]的計劃，想在[illegible]就逃走。

這裡的老大 貝魯姆

⑦沒想到，佐羅力三人卻中了魔法師手下所設的陷阱。魯豬豬掉進了山谷，通往壞魔法師巢穴的橋也被黑斗蓬燒毀了。

⑧為了拯救魯豬豬，佐羅力下定決心，無論如何都要潛入魔法師的巢穴，找到格隆洛德魔杖。

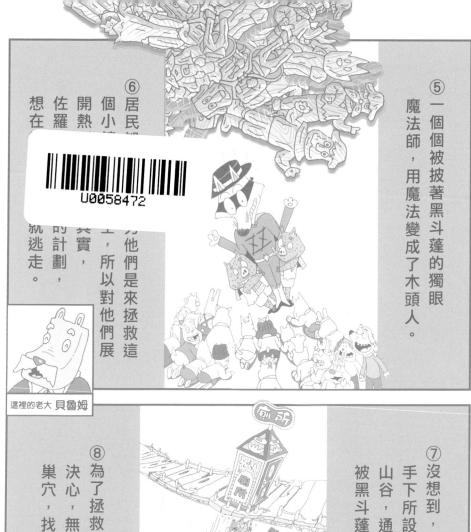

☆敬告各位讀者

這個故事是《怪傑佐羅力和神祕魔法少女》的續篇。

雖然可以根據前面兩頁的故事概要了解前情，但如果你看完《神祕魔法少女》後再看這本書，將會增加更多樂趣。

作者 原裕

佐羅力大師！
請您一定要用具有魔力的
格隆洛德魔杖，
讓掉進深山山谷的
魯豬豬起死回生啊。

怪傑佐羅力和神祕魔法屋

文·圖　原裕
譯　王蘊潔

好，那是一定要的。但是，在救魯豬豬之前，眼前最大的問題是，格隆洛德魔杖在對面，我們要怎麼做才能去對面呢？

佐羅力忍不住叉著手，陷入了沉思，

小鎮居民們一路尋找佐羅力三人，
好不容易追上了。

「喔喔！各位勇士先生、小姐，
終於要走過那座橋，
前往魔法師的巢穴，
拿回……
啊——！」

「你們看，那個壞蛋黑斗蓬
竟然讓魯豬豬掉進了

山谷裡，而且還把橋
也一起燒毀了。
除了那座橋以外，
還有沒有其他可以
去對面的方法？」
奈麗轉過身，
詢問當地的居民。
結果……

居民一個個都對他們搖頭，

「只有這一座橋而已。雖然我們想要再造新的橋，但是伐木工和木工通通都被魔法師帶走，變成了木頭人。」

貝魯姆垂頭喪氣的回答。

「這下子真的沒希望了，原本可以拯救我們的三名勇士，其中一個消失了，剩下的還被困在這裡走投無路……

我們恐怕要一輩子都聽魔法師的使喚，做牛做馬了。」

居民們紛紛傷心落淚，啜泣著說。

「不，現在說放棄還太早了，各位，可不可以跟我來一下？」

佐羅力似乎發現了什麼，往前跑去。

佐羅力在懸崖旁，發現了一棵非常非常高大的枯樹，他問大家：

「你們覺得，如果把這棵枯樹推倒，能不能讓它架到對面？」

「有道理。這麼高大的樹木，絕對有辦法成為一座橋。」

居民們回家拿來了大鋸子，立刻開始動手，齊心協力一起鋸樹根。

由於樹根既大又粗，
必須花很長的時間，
才能把樹鋸倒。
當居民在鋸樹根時，
佐羅力他們爬到樹上，
拔掉樹枝，
避免枯樹變成橋之後，阻礙通行。
然後，他們爬上樹頂，
在那裡等待。
這麼一來，

當樹木倒下的同時，他們就可以到達對面的懸崖上。
呀吼～
滋—咚
讚吧
嘰嘰嘰
嘎嘎嘎
過了一陣子，樹根處終於鋸出了一大道裂口，這時所有的居民一起出力，把巨大的樹幹朝向山谷的方向用力推倒。
樹木快倒下囉！

枯樹發出了巨大的聲響，重重的倒了下來。

樹木的頂端即將抵達對岸。

就在這時，

樹木前端，從佐羅力坐著的地方開始，噗滋一聲，突然斷裂了。

　原來這棵枯樹的前端，已經被蟲子蛀掉了。

嗚哇哇哇哇！伊豬豬、奈麗，你們趕快從我身上走過去，動作快點，快趁現在。
對不起，我踩到你的頭了。

佐羅力急中生智，他立刻雙手抱住了樹木，把腳和尾巴伸向對面的懸崖。

正當佐羅力大聲叫喊時，

伊豬豬用最快的速度，
一把抓住了佐羅力的尾巴。
佐羅力鬆了一口氣，
但是，雙手才從
枯樹上
鬆開，
沒想到身體就
立刻以驚人
的速度，

撞到懸崖上。
因為撞擊力道太大，
伊豬豬不小心
將雙手鬆開了
佐羅力的尾巴。
而且，更慘的
還在後面，
因為這片
懸崖上……

到處長滿了荊棘，荊棘的刺一根一根插在佐羅力尖尖的鼻子上，插得滿滿的。
嗚呀，好痛痛痛痛。
咕叮
啊，你的身體超級柔軟。

但是，多虧了這些荊棘讓他痛得反彈，他才順利的撿回了一條命。

其實，有一個人從頭到尾，都清楚的看到了這一幕。那個人，

原來佐羅力大師是不死之身。太厲害了。
痛痛痛痛痛
痛痛痛。很哈爺（本大爺）的鼻子……
嗚哼
這已經是第十八根了。

正是黑斗蓬的手下。

「老大！大事不妙了，佐羅力他們已經越過了山谷，正往我們這裡跑來。」

他嚇得立刻向黑斗蓬報告。

「你說什麼？這下真的麻煩大了。一旦他到這裡，這根格隆洛德魔杖的祕密就會被全世界知道了！

到那個時候，我們所有的計畫，
通通會化為泡影。無論如何，
都要想盡辦法把他趕回去。」

黑斗蓬立刻下達了指示，要求所有最厲害的魔法師全都到大廳集合。

「現在終於有機會讓你們大展身手，看看自己到底有多厲害了。不管用什麼手段，都一定要把佐羅力他們趕回去！」

黑斗蓬語氣嚴厲的對聚集在大廳的五名魔法師說。

「老大，原諒我說實話，這太突然了，我們要使用魔法，

必須要有一些時間做準備……。」

帶頭的山羊白郎回答。

「我當然知道這件事，
所以我已經在屋子裡的每一道門上，
都設置了機關，那些傢伙
不可能輕易闖進來。
你們可以在這段時間，
做好充分的準備，
絕對不能發生任何失誤！」

果然，就像黑斗蓬說的，佐羅力他們來到第一個魔法房間前，正因為打不開門，而傷腦筋。

只要能夠讓門上的老爹笑出來，就可以打開這扇門。
門上的老爹是用畫的，怎麼可能會笑呢？佐羅力大師，您說對不對？

佐羅力用力瞪著門上的老爹半天，突然靈機一動，想到了好主意。

魔法屋的入口
啊！我知道了！
卡嚓卡嚓
打不開耶。

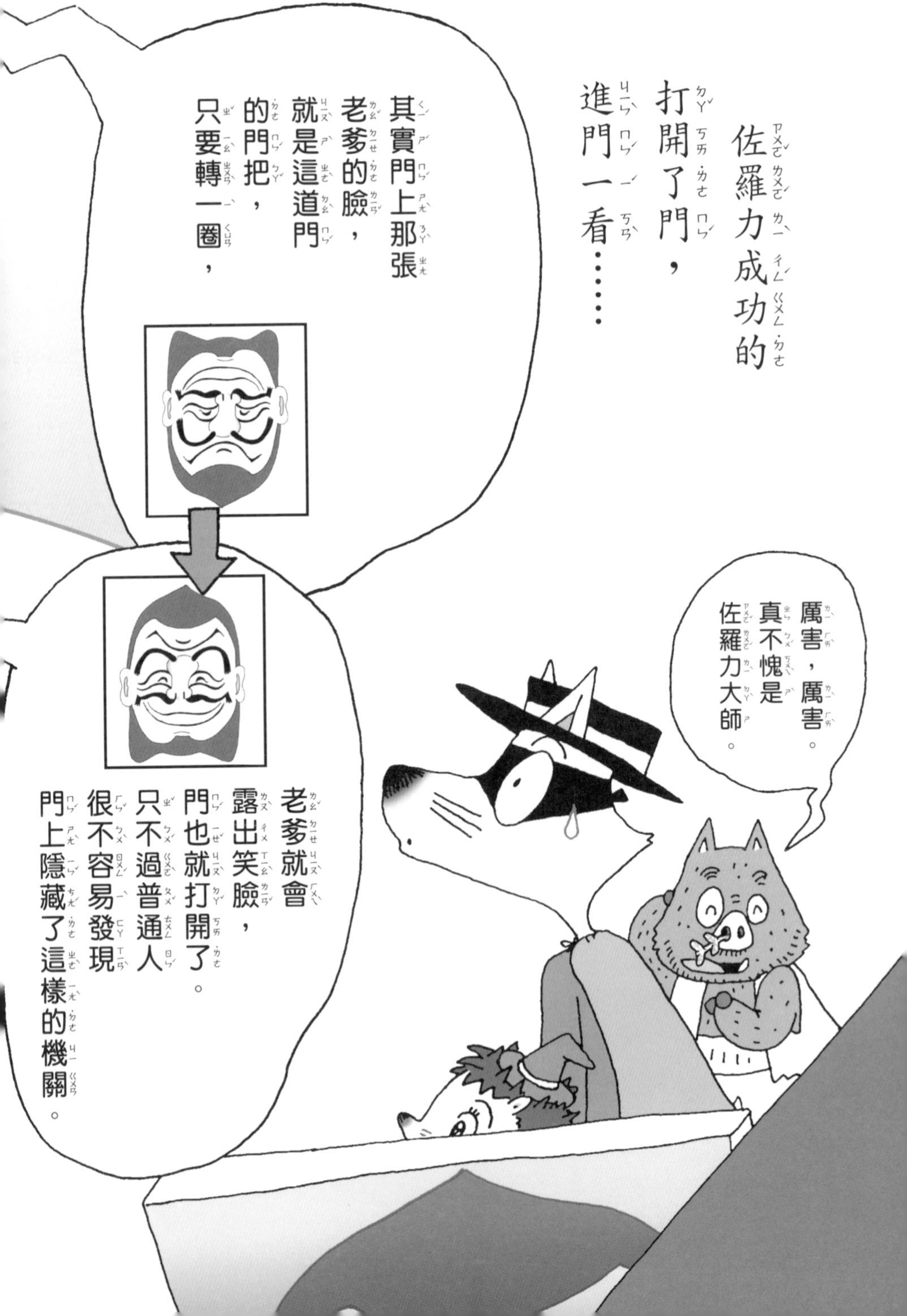
佐羅力成功的打開了門，進門一看……
其實門上那張老爹的臉，就是這道門的門把，只要轉一圈，
老爹就會露出笑臉，門也就打開了。只不過普通人很不容易發現門上隱藏了這樣的機關。
厲害，厲害。真不愧是佐羅力大師。

等在那個房間裡面的，就是各位之前見過的山羊白郎，和他的搭檔山羊黑郎。

「你這個大壞蛋，竟然讓魯豬豬掉進山谷裡！」

伊豬豬生氣的立刻衝上前去，

山羊白郎制止了他。

「誰叫你們胡說八道，

說什麼我的魔法是騙人的。

待會就要讓你好好見識見識，

什麼是超級嚇人的魔法，

如果你們不趕快夾著尾巴逃回家，

也會面臨可怕的下場。」

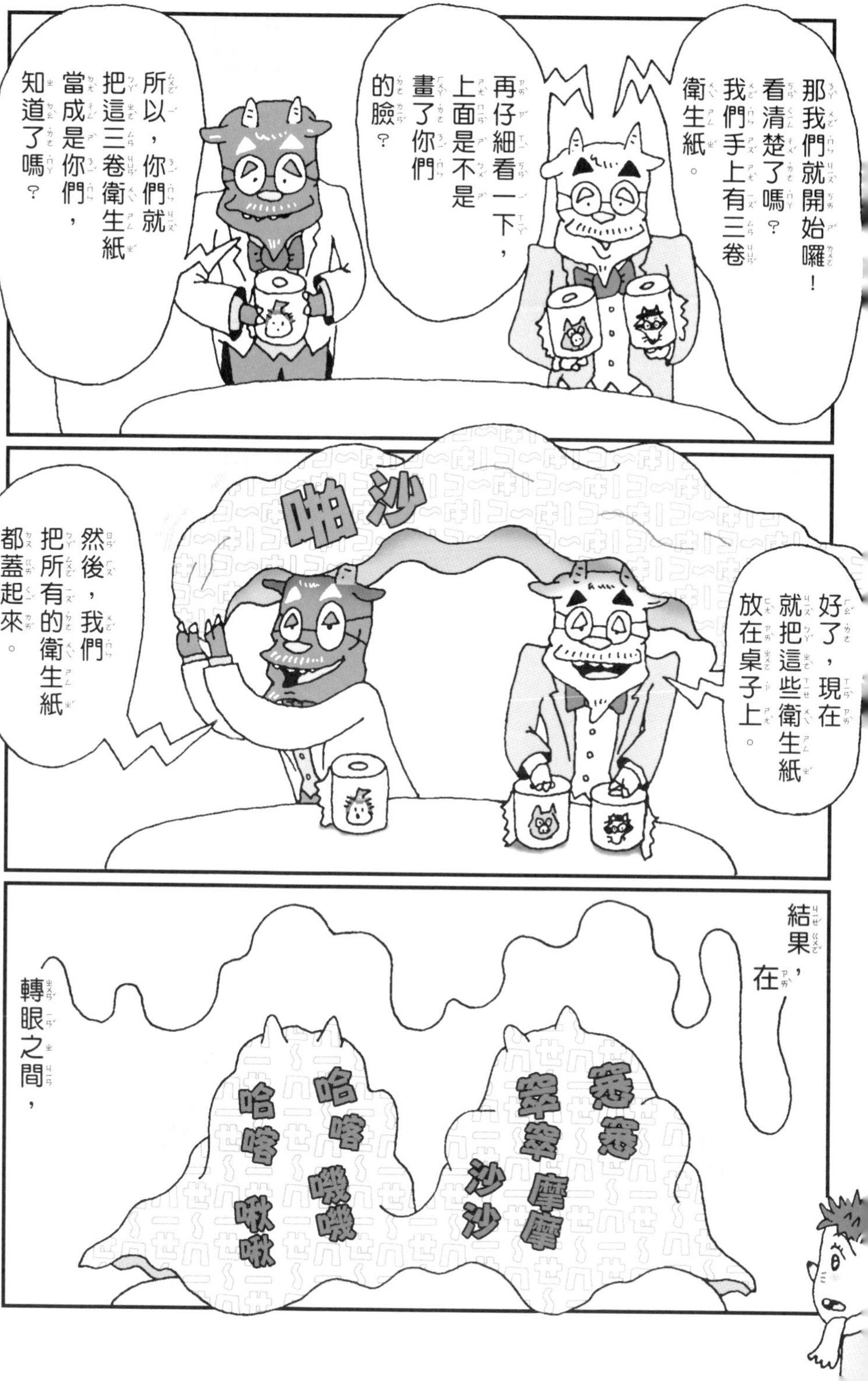
那我們就開始囉！看清楚了嗎？我們手上有三卷衛生紙。
再仔細看一下，上面是不是畫了你們的臉？
所以，你們就把這三卷衛生紙當成是你們，知道了嗎？
好了，現在就把這些衛生紙放在桌子上。
啪沙
然後，我們把所有的衛生紙都蓋起來。
結果，在
轉眼之間，
窸窸
窣窣摩摩
沙沙
哈喀嘰嘰
哈喀啾啾

啪
衛生紙就這樣消失不見了，很神奇吧。
太厲害了，太驚人了。
這不是魔法，什麼是魔法。

「看到了嗎？如果你們不希望自己就這樣消失不見，最好還是趕快打開那道門，立刻轉頭回家去吧。」

「順便好好回想一下，魯豬豬因為沒有聽我的話，遭遇了怎樣的下場。」

佐羅力一邊拍手，一邊說：

「哇，你們太厲害了，真希望

可以再好好欣賞一次。」
佐羅力故意假裝看得目瞪口呆的對他們說。
「啊？真的嗎？嘿嘿嘿，那我們就只再表演一次而已喔。」
山羊白郎和山羊黑郎得意洋洋的拿出那三卷衛生紙，準備好了之後，又開始從頭表演起來。

這三卷衛生紙是你們的分身。在桌子上放好之後，
我們把布蓋在這些衛生紙上。
山羊白郎和山羊黑郎躲進大布裡面，窸窸窣窣的摸索起來……

佐羅力用力扯開他們
躲著的那塊布。

結果發現，
山羊白郎和山羊黑郎
躲在布裡，
急急忙忙的
把衛生紙
吃進了嘴裡。

佐羅力毫不留情的拆穿了他們，奈麗也笑翻了。

「果然，這根本不是什麼魔法，只是偷吃步，而且功夫也太差了。」

佐羅力三個人用衛生紙澈澈底底的把白郎和黑郎捆起來，讓他們完全無法動彈，然後轉身走去下一個房間。

沒想到……

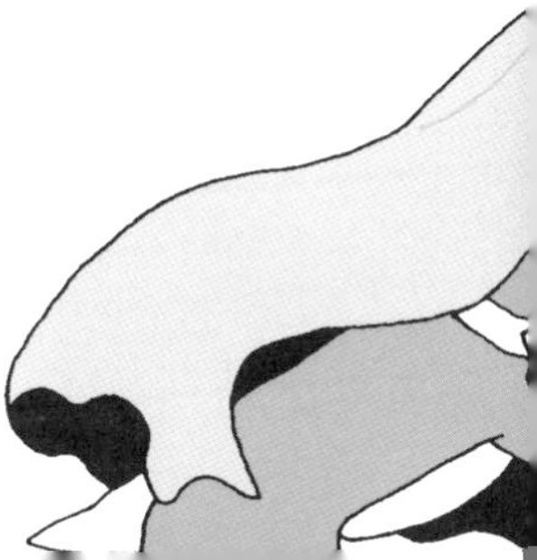

在這個房間的門上，竟然也同樣設置了莫名其妙的機關。

機關鎖的開門祕訣
※打擊烏鴉，
捏豬鼻子，
找到柿子。
這道門果然也鎖住了。
卡嚓
卡嚓
卡嚓
☆光看表面就沒希望
咦？難道這句話是提示嗎？

既然那句話說，光看表面就沒希望，那就不要看「表面」，而是看「裡面」，問題應該就可以輕鬆解決了。
打破玻璃
嗯！
打擊烏鴉，捏豬鼻子，找到柿子。
打破玻璃，移開蓋子，就能找到鑰匙。

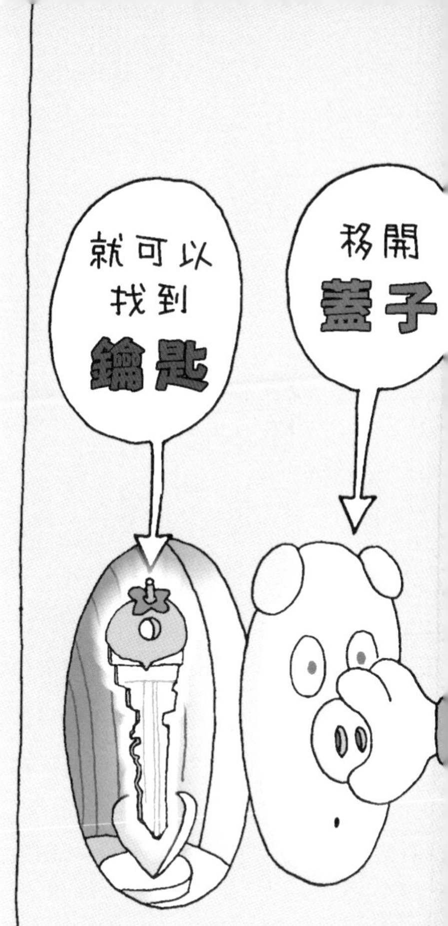
移開蓋子
就可以找到鑰匙

佐羅力立刻拿出鑰匙，打開了門，走進下一個房間，一走進去……

佐羅力大師，真是太聰明了。
當然，佐羅力大師本來就是超級天才。
嘻嘻呵呵
卡嚓

啪咪
嗶咪
嗚咪

一張張撲克牌
就像銳利的刀片，
射向佐羅力，插在
他的帽子上。

「歡迎來到我們的
房間，同時向你們
說一聲，再見。」

伸手不見五指的房間內，
漸漸浮現了——

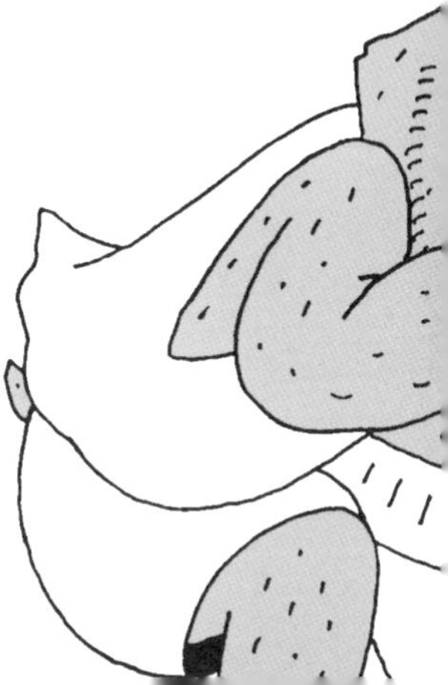

一個戴著墨鏡的男人。
「我叫麥普克，可以
用獨特的魔法，自由
自在的操控我手上
的這些撲克牌。」
這男人話才說完，
立刻舉起了一張
又一張的撲克牌，
朝佐羅力丟了過去……

不過，佐羅力在懸崖上得救時，身體似乎也一下子變得很柔軟，他左躲右閃，靈巧無比的躲過了撲克牌的攻擊。

麥普克看到這景象，氣得滿臉通紅。

「我生氣了，我生氣了，我超級生氣！」
沒想到下一刻，墨鏡男人竟然拿起湯匙，
對準伊豬豬一個接著一個的丟去。
「好痛、好痛、好痛！」
打到伊豬豬身上的湯匙
竟然一下子就彎掉了。
「啊喲，是特異功能嗎？」
佐羅力小聲嘀咕，
伊豬豬回答說：「才不是呢！這些湯匙

都是用黏土做的，所以打在身上超級痛。」

「你說對了。這就是麥普克的黏土神功！」

「什麼東西啊？」

佐羅力覺得很受不了，伊豬豬趁機逃進旁邊的箱子，躲了起來。

麥普克似乎就在等待這一刻。

「馬上來了，馬上來了，我的搭檔馬上來了。」

隨著他的叫聲……

聚光燈打在箱子上……
喵喵公主閃亮亮登場！
怎麼回事啊？
鏘鏘鏘——鏘
箱門關上了，伊豬豬被關在裡面。
哇啊
啪！
喵喵公主用各種方式、
各種方式摧殘之後……

喵喵公主打開箱門，
伊豬豬消失不見了，
連影子都沒有。
然後，下一剎那……
空空如也！
啊，伊豬豬
房間內變成一片漆黑。
我覺得這也稱不上是魔法，感覺像在看魔術表演而已。
伊豬豬，伊豬豬，你在哪裡？
當燈光再度亮起的時候……

麥普克和喵喵公主都消失不見了，
一道牆壁出現在他們面前，
牆上畫著奇妙的圖案。

這把房間鑰匙，就隱藏在這道牆上的圖案中。找不到鑰匙的人，就趕快滾回去吧。
魔法師 黑斗蓬
佐羅力先生，又有謎題出現了，你有辦法找到謎題的答案嗎？

佐羅力說完，果真解開了謎題，成功的打開了房間的門。
請你也在這道牆上，找一下鑰匙在哪裡吧！
奈麗，包在我身上。格隆洛德魔杖就在隔壁的房間裡啊。我一定會打開這個房間的。
格隆洛德魔杖的房間

打開門一看，裡面是一個大廳。

黑斗蓬就站在大廳的後方。

「啊喲啊喲，難道你們來到這裡，

☆無法解開44～45頁謎題的人，快來試試這種方法！

（已經解開謎題的人，請繼續看下去。）

① 將44頁沿著◉符號，45頁沿著○符號直直的折起來。

② 把折起的地方合在一起。

有沒有在這個位置看到什麼？
再仔細看一看。
好了，翻回上一頁，趕快試一試吧！

是想要和那些居民一樣，
被變成木頭人嗎？如果你們現在
默默離開，我可以放過你們。」
黑斗蓬舉起了格隆洛德魔杖
指著他們說。
「本大爺無論如何
都需要這根魔杖。」
佐羅力立刻撲上
前去……

黑斗蓬突然舉起
左手噴出了
熊熊火焰，
佐羅力根本沒辦法
靠近魔杖。
佐羅力豁出去了，
拿下剛才插在

帽子上的三張撲克牌，朝向黑斗蓬丟了過去，但撲克牌畢竟只是普通的紙而已，轉眼之間，就在熊熊的火焰中，化成了灰燼。

但是，其中有一張撲克牌……

掉在黑斗蓬的腳下，他的斗蓬燒了起來。

黑斗蓬一下子慌了神，為了滅火，鬆開了手上的魔杖，就在這一瞬間，佐羅力馬上搶了過來，

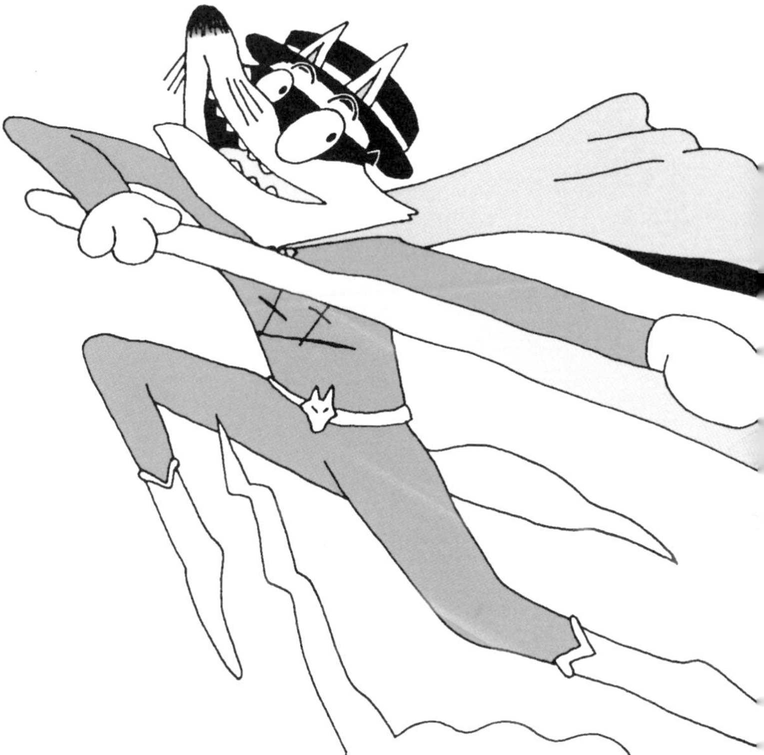

好，我要以牙還牙，
好好的懲罰你！
就把你變成本大爺
現在最最想要吃的
「海鮮什錦炒麵
（附芥茉）」吧——

佐羅力舉起
格隆洛德魔杖，
對準黑斗蓬
用力搖晃了一下。

當佐羅力抬起頭時，發現出現在眼前的並不是「海鮮什錦炒麵（附芥末）」，而是一隻老虎，他脫下了被火燒掉的斗蓬站在那裡。

佐羅力以前曾經在一艘海盜船上，和這隻老虎大打出手，較量過一番。

☆詳細的故事請參考《怪傑佐羅力之海盜尋寶記》。

「我說佐羅力啊，
看到本大爺和
這根手杖，
你有沒有想起什麼呢？」
聽到老虎這麼問，
佐羅力拿起手上
的手杖，仔仔細細
的打量起來。
然後……

這件事也出現在《怪傑佐羅力之海盜尋寶記》中。
啊！
沒錯，就是法力被你用光光的那根魔杖。但我不知道這件事——
我花了很多錢請人四處尋找掉落在海中的這根魔杖，好不容易終於找到了。
你能使用的魔法 剩 0 次
沒想到拿在手上一看，發現只是一根普通的手杖，完全無法發揮任何用處。
我氣得跳腳，絞盡腦汁，想要好好利用這根手杖。

我在這個小鎮設下了很多機關，讓這裡的居民以為這是一根威力強大的魔杖。
到今天之前，我都成功的騙過了他們。
但是，因為這根魔杖不能變出任何魔法的祕密，已經被你知道。所以無論如何，我都不希望你來這裡攪局，事情就是這麼簡單。
騙人！魔杖一定被他藏在其他房間了。

「如果不能使用魔法，怎麼可能把這個小鎮的居民都變成了木頭人呢？」

「哇哈哈哈哈，原來你們也被我的作戰方法騙了，你們看好了。」

老虎舉起了手，後方的牆壁升了起來，竟然出現了一間牢房。

「這個小鎮的居民
個個都活得好好的。
他們是我重要的工人，
要幫我建造巢穴，
和我的海盜船。
如果他們變成不能動的木頭人，
就太傷腦筋了。」

佐羅力大師，
我也被他關進這裡了！

「伊豬豬，我以為你被魔法詛咒，消失不見了，沒想到你在這種地方。」

佐羅力衝到牢房前。

「佐羅力大師，這個小鎮的人全都平安無事。他們告訴我，那些木頭人不是魔法變的，是他們雕刻出來的。」

吼哈哈哈哈，就是這麼一回事。我綁架了雕刻家，讓他雕刻出和小鎮居民看起來一模一樣的雕像，然後再放回街上，讓居民誤以為是魔杖發揮了威力，把他們變身成木頭人。每個居民都相信這是真的，嚇破了膽，以為我們真的是魔法師。
啊？所以！

「這麼一來，就沒辦法用魔法讓魯豬豬起死回生了嗎？」

佐羅力雙腿一軟，跪在地上。

老虎得意的對佐羅力說：

「誰叫你們一被人家吹捧說是什麼三名勇士，就傻呼呼的跑來這種地方。既然你現在已經知道了所有的祕密，當然不能讓你就這樣離開。我要幫你們雕刻木頭人，然後放到街上。真是超沒用的勇士啊。吼哈哈哈哈！」

佐羅力咬緊了嘴脣，

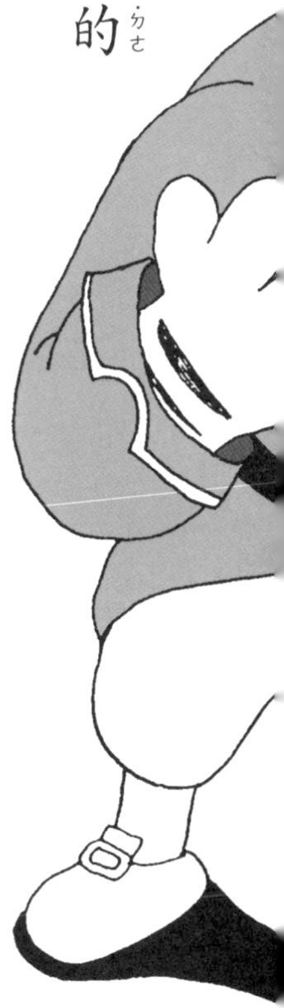

站了起來，

「本大爺是佐羅力，怎麼可能聽從你的指揮，讓你為所欲為呢？我一定要為魯豬豬報仇。來吧，我們來一對一，正大光明的一決勝負！」

「哼，你在說什麼鬼話！你只能乖乖聽我的指揮。

來，你看看這個！」

奈麗不知道什麼時候

被麥普克和喵喵公主抓住了，

奈麗站在那裡，

聚光燈打在她身上。

而且，隨著

一陣巨大的音樂

響起……

一隻體型龐大的河馬輕飄飄的從空中出現，然後停在奈麗的頭頂上方，就這樣懸在半空中。

「如果河馬飛在那個高度，
把那個女孩從上面丟下來，
結果會怎麼樣呢？」

老虎露出一臉奸笑。

「我雖然是魔法師，但完全
幫不上任何忙，反而礙手礙腳，
佐羅力先生，真是對不起了。」

佐羅力看著淚眼汪汪的奈麗，
卻束手無策，什麼辦法也沒有，只能愣在原地，

老虎摟住了他的肩膀，對他說：

「我的夢想，就是再度成為一個大海盜，在全世界的七大海洋上為所欲為，把全世界變成我的天下。所以，我很希望你為我設計一個你最擅長的『調皮搗蛋惡作劇神力製造機』，裝在我那艘即將完成的海盜船上，總之，我立志要成為壞蛋的王中之王，你必須協助我。來吧，趕快動手

為我設計開發吧。」

老虎打開牢房的鎖，推著佐羅力的後背，把他推進了牢房。

就在這時……

砰啪
噗一嘶
佐羅力大師，讓你久等了。我終於又回來了！

魯豬豬竟然衝破了窗戶，飛進屋內。魯豬豬騎在掃帚上，飛在半空中，把奈麗從那兩個魔法師手上救了出來。

吼哇，這、這到底是怎麼回事啊？
噗—
魯豬豬！這不是魯豬豬嗎？
是魯豬豬，是魯豬豬！原來魯豬豬還活著！

魯豬豬和奈麗騎著掃帚來到半空中一看，發現原來是魔法師的手下，用鋼琴線把河馬飛吊在半空中。

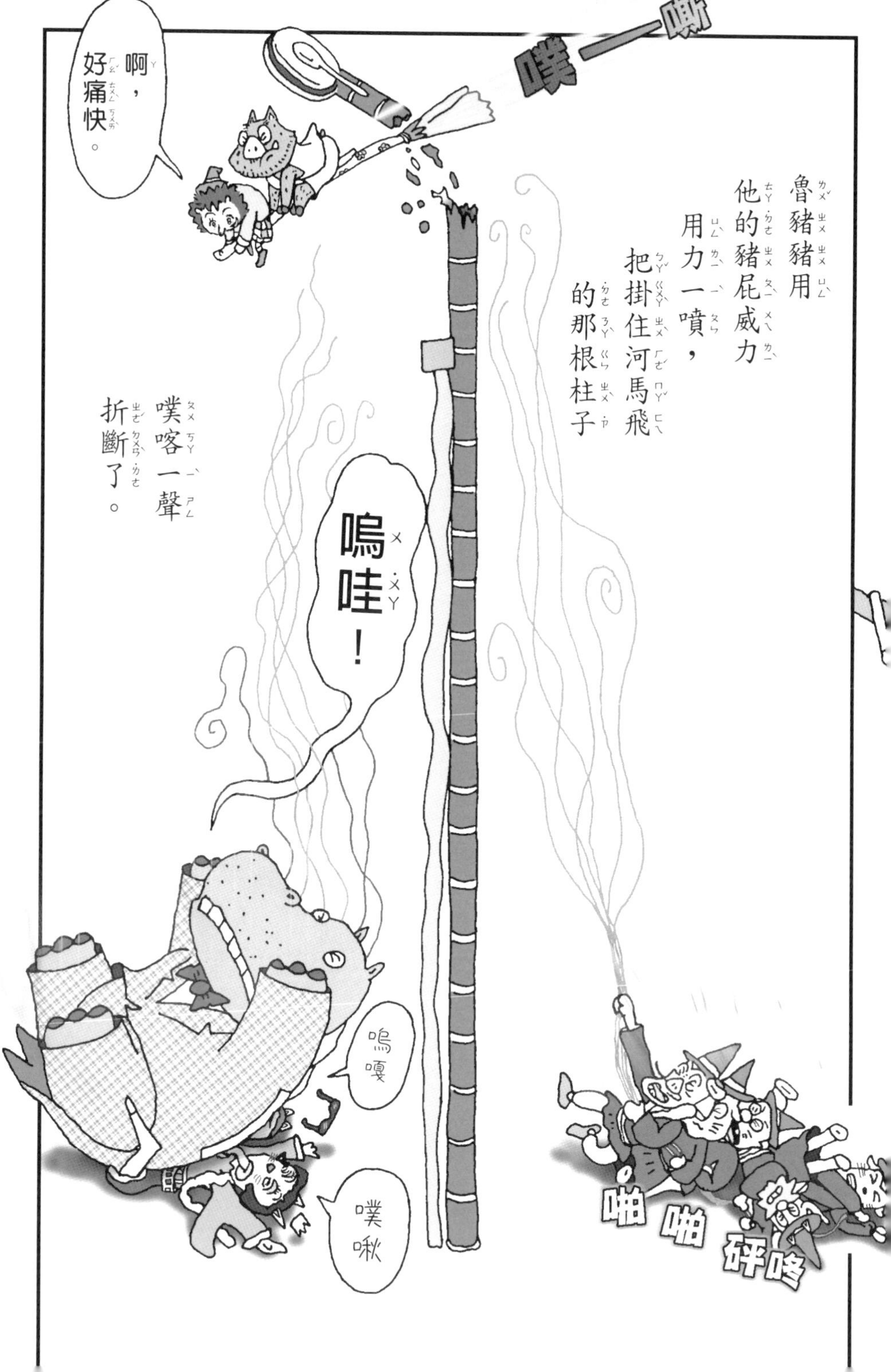

噗—嘶
魯豬豬用他的豬屁威力用力一噴，把掛住河馬飛的那根柱子
啊，好痛快。
噗喀一聲折斷了。
嗚哇！
嗚嘎
噗啾
啪啪砰咚

魯豬豬和奈麗一起降落在地面後，佐羅力、伊豬豬，和小鎮的居民也都紛紛衝出牢房，跑了過來。

「魯豬豬，做得好！本大爺還以為再也看不到你了呢。」佐羅力眼裡泛著淚光說。

伊豬豬也說：

「你跌落的那個山谷好深，竟然還可以平安無事的回到這裡。」

他緊緊的抱住魯豬豬。

「喔喔，多虧有了這個啊。」

魯豬豬看著奈麗交給他的掃帚，把這一路經歷的事告訴了他們。

我掉進山谷的時候，也以為這次一定沒命了。
沒想到，多虧了那間廁所的地板，和這把掃帚，終於撿回了一條命。
啊！
但是，懸崖太危險了，我就算想爬，也爬不上去。
哇！
因為沒事情做，所以就把奈麗放在書包裡的教科書拿出來看。

沒想到
竟然有怎麼
用掃帚在
天空中飛的方法。
……
因為我沒事做，
所以就在那裡練習了一下子，
咻—
嘶—咚
咻—
結果居然真的
稍微飛起來一點點。
但是，我不是魔法師，
光靠這麼一點功夫，
當然不可能飛到山谷上。
飄—飄
我練了一次又一次，
無意中發現了一個
很棒的東西。
嗚哇—

那裡長了很多
野生的山藥。
我立刻把那些山藥
全部吃掉，
我靠我最拿手的豬屁威力，
讓原本只能飛起一點點
的掃帚
一下子就用力
飛了起來，
終於順利飛離了山谷。
噗～～嗡
噗嗡
噗嗡
噗一
噗嗡
噗一

你太棒了，本大爺真是感到高興又安慰啊。
佐羅力大師，因為我想起你總是對我們說，不到最後一刻，絕對不可以輕易放棄。嘿嘿嘿。
令人感動的重逢時刻到此為止！

佐羅力三人正沉浸在重逢的喜悅時，

老虎伸出了左手，對準佐羅力的尖鼻子說：

「你應該還沒有忘記這把火焰噴射器的威力吧？如果你們不想被火紋身，就給我一個一個乖乖回去牢房，

「一個也別想跑！」
聽到老虎的威嚇，
大家都
紛紛後退，
一步一步
退回了牢房。

「等一下！」

大喝一聲的不是別人，

正是奈麗。
她迅速的站到佐羅力
和老虎中間，
然後唸唸有詞的
唸起了咒語。

哈那巴那咪龍啪那咪狼。

這時，老虎的左手前端
竟然長出

兩片可愛的葉子。

呃呃，這、這是什麼東西啊？
哈哈哈，他現在和我一樣了。

老虎試了一次又一次，想要讓左手噴出火，但每次都是兩片葉子在左手前端搖來搖去而已。

「這下慘了啦，
大家趕快逃吧。」
老虎失去了最後一張
王牌，帶著他的手下
慌慌張張的
夾著尾巴
往門外奔逃。

「別跑——」

佐羅力追了上去，

伊豬豬、魯豬豬

和奈麗，還有

小鎮上的居民

也都跟在後面，

一起追趕。

老虎和他的手下來到後門的海岸，跳上還沒有完全造好的海盜船，漸漸遠離了岸邊。

佐羅力懊惱的在岸邊跺腳，「不用擔心，那種船只要遇到風浪，很快就會沉沒。」跟在後方追來的居民紛紛安慰他。

「說真的，非常非常感謝你救了我們。」

居民們向佐羅力一行人深深的鞠躬。

「啊，對了，小鎮裡的居民都在唉聲嘆氣，以為你們被抓來這裡之後，全都變成了木頭人。你們趕快回去……啊！」

佐羅力說到這裡，突然臉色發白。

「慘了！原本的橋被燒掉了，現在這裡已經變成一座孤島了。怎麼辦？我們要怎麼回去？」

這時，居民們對他說：

「哈哈哈，這種小事就不必擔心了，被他們抓來這裡的，都是木工師傅和伐木工，只要一眨眼的工夫，就可以造好一、兩座橋。來吧，我們大家加油，趕快完成，就可以馬上回家了。」

「嘿咻！」

佐羅力目送著小鎮居們精神抖擻的背影離去，轉過頭對奈麗說——

魔杖已經沒有法力了，真是太遺憾了。
沒關係，這一次，我認識了各式各樣的人，終於了解到一件事。有人很會做披薩，有人很會插花，也有人踢踏舞跳得特別好……

每個人都有自己的專長，
比別人更優秀的專長，
我覺得每一個人都很厲害，
大家都擁有自己的魔法。
我沒辦法成為運用
所有魔法的優等生，
但我希望能夠學會其中的一兩樣
拿手魔法，絕對不會輸給任何的
魔法……

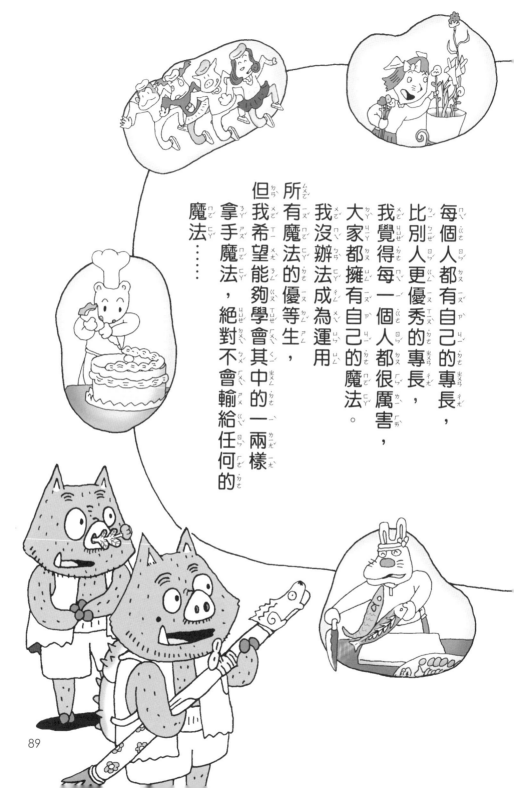

至於要學習哪些知識和本領，才能夠完成這樣的目標，我打算回到學校之後再好好思考。
來吧，這些東西還給你吧。謝謝。

噗 噗 噗 噗 噗
魯豬豬，你用自己擅長的豬屁威力操控了這把掃帚，我是魔法師，怎麼可以就這樣輸給你呢？我不會認輸的。
呵嘿嘿嘿嘿

如果你想要學怎麼放屁，我很樂意當你的老師，教你放屁本領。
我才不希望奈麗是靠放屁在天空中飛來飛去。
那倒是，哇哈哈哈。

奈麗，還好有你的魔法，老虎才會落荒而逃，所以，你要對自己有自信，繼續好好加油。
嗯，謝謝你。

「佐羅力先生、伊豬豬先生，
魯豬豬先生，
你們要記住喔，
等我學會了
魔法，
會用魔法之後，
再請你們鑑賞，
等到那一天，
我們再見面吧。

那就再見啦。」

奈麗騎上了掃帚，

稍微左右搖晃了一下，

然後飛上了天空。

佐羅力和伊豬豬、魯豬豬

三個人對著奈麗揮手，

目送著奈麗的身影漸漸遠去，

直到她消失在海平線遠方。

在橋造好之前，佐羅力他們一直望著大海聊天。
魯豬豬，你能夠回來真是太好了，好開心啊。那我就把我種的花當作禮物送給你，表達一下心意。
伊豬豬，這不是你的鼻毛嗎？我才不要呢。
啊哈哈，我終於見識到什麼是鼻毛花了。
☆傳說中的勇士繪本夾在《怪傑佐羅力和神祕魔法少女》裡。
對了，魯豬豬，那本繪本上提到的傳說中三名勇士，我猜應該就是說我們吧？
喔喔，如果把傳說中的「魔法師的徒弟」換成「怪傑佐羅力的小跟班」，故事就完全吻合了。
不對，不對，完全不對。即使真的是這樣，也還是不對。本大爺立志要當惡作劇大王，勇士這個名字太令人害羞了，我連聽都不想聽。

好了，我們三個人又可以一起上路去旅行了。
話說回來，那個臭老虎，說什麼他想要當壞蛋大王，我看他一百年後也沒資格。總有一天，本大爺要讓他見識見識，本大爺到底有多厲害，走著瞧——。

作者簡介

原裕 Yutaka Hara

一九五三年出生於熊本縣，一九七四年獲得KFS競賽「講談社兒童圖書部門獎」。主要作品有《小小的森林》、《手套火箭的宇宙探險》、《寶貝木屐》、《小噗出門買東西》、《我也能變得跟爸爸一樣嗎？》、【怪傑佐羅力】系列、【輕飄飄的巧克力島】系列、【膽小的鬼怪】系列、【菠菜人】系列、【鬼怪尤太】系列、【魔法的禮物】系列等。

譯者簡介

王蘊潔

專職日文譯者，旅日求學期間曾經寄宿日本家庭，深入體會日本文化內涵，從事翻譯工作至今二十餘年。熱愛閱讀，熱愛故事，除了或嚴肅或浪漫、或驚悚或溫馨的小說翻譯，也從翻譯童書的過程中，充分體會童心與幽默樂趣。曾經譯有《白色巨塔》、《博士熱愛的算式》、《哪啊哪啊神去村》等暢銷小說，也譯有【怪傑佐羅力】系列、【魔女宅急便】系列、【小小火車向前跑】系列、【大家一起玩】系列《大家一起來畫畫》、《大家一起做料理》等童書譯作。臉書交流專頁：綿羊的譯心譯意。

國家圖書館出版品預行編目資料

怪傑佐羅力和神祕魔法屋
原裕 文、圖; 王蘊潔 譯 --
第一版. -- 台北市：天下雜誌, 2015.05
96 面 ;14.9x21公分. --（怪傑佐羅力系列；32）
譯自：かいけつゾロリとまほうのへや
ISBN 978-986-398-065-0（精裝）
861.59　　104007138

怪傑佐羅力系列 32

怪傑佐羅力和神祕魔法屋

作者｜原裕（Yutaka Hara）
譯者｜王蘊潔
責任編輯｜蔡珮瑤
美術設計｜蕭雅慧
行銷企劃｜陳詩茵

發行人｜殷允芃
創辦人兼執行長｜何琦瑜
副總經理｜林彥傑
總監｜黃雅妮
版權專員｜何晨瑋、黃微真

出版者｜親子天下股份有限公司
地址｜台北市 104 建國北路一段 96 號 4 樓
電話｜（02）2509-2800
傳真｜（02）2509-2462
網址｜www.parenting.com.tw
讀者服務專線｜（02）2662-0332
週一～週五：09:00~17:30
讀者服務傳真｜（02）2662-6048
客服信箱｜bill@cw.com.tw

法律顧問｜台英國際商務法律事務所・羅明通律師
製版印刷｜中原造像股份有限公司
總經銷｜大和圖書有限公司
電話｜（02）8990-2588
出版日期｜2015 年 5 月第一版第一次印行
2021 年 6 月第一版第十五次印行
定價｜280 元
書號｜BCKCH069P
ISBN｜978-986-398-065-0（精裝）

訂購服務
親子天下 Shopping｜shopping.parenting.com.tw
海外・大量訂購｜parenting@cw.com.tw
書香花園｜台北市建國北路二段 6 巷 11 號
電話｜（02）2506-1635
劃撥帳號｜50331356 親子天下股份有限公司

緊急特別計畫

奈麗回到魔法學校之後，
到底想學哪些魔法呢？
雖然我現在只能用魔法
變出兩片葉子的
雙葉草而已，
但我想要讓
整個地球，到處都
開滿漂亮的鮮花。

我討厭戰爭，不管是
任何理由的戰爭都討厭。
這次和佐羅力
他們一起旅行時，
我的雙葉草魔法
也發揮了
意想不到的作用。
所以我覺得，
如果我學會魔法，
可以像這次一樣，
在戰爭的時候，
也讓所有槍枝大砲的子彈和彈藥都
變成鮮花和種子，那就太厲害了。
你想想看，是不是超棒的啊。